그리움부터 상대성 이론까지

방성호 시집

그리움부터 상대성 이론까지

인쇄 2022년 10월 10일
발행 2022년 10월 17일

지은이 방성호
발행인 이노나
펴낸곳 인문엠앤비
주소 서울특별시 종로구 북촌로4길 19, 404호(계동, 신영빌딩)
전화 010-8208-6513
이메일 inmoonmnb@hanmail.net
출판등록 제2020-000076호

저자와 협의, 인지는 생략합니다.
잘못된 책은 바꿔 드립니다.

ISBN 979-11-91478-14-3 03810

값 10,000원

그리움부터 상대성 이론까지

방성호 시집

인문MnB

대시인 예이츠의 말.
"인간은 분노하면 웅변을 하고 고독하면 시를 쓰게 된다."

제가 시를 쓰게 된 동기는 이런 고상한 것은 아닙니다.
약 4년 전 친족 중에 치매가 발생하여
노년이 망가지는 경우가 있었습니다.
저의 둘째 딸(현직 마취통증과 의사)이 치매를 방지하려면
글쓰기가 좋다고 권유했습니다.
이것이 계기가 되어 글을 쓰기 시작했습니다.

산문으로 표현하다가 곤란한 경우
'시'라는 고귀한 그 무엇에
겁 없이 빠져들어 가게 되었습니다.
이제 시 쓰기를 한 지는 3여 년이 되었군요.
개원의사로 평생을 살아오면서
꿈에도 생각하지 않았던 별일이 일어났습니다.

주로 어릴 때 추억, 가난하던 삶
유복자로서의 부친에 대한 그리움, 그에 따르는 상실감
밀폐된 진료실에서 느끼는 자연에 대한 동경과 인간상
쥐꼬리만 한 과학에 대한 호기심과 지식
그리고 애국심이 시를 쓰게 하였습니다.
밤을 밝혀 쓰는 열정은 나라에 대한
걱정만 한 것이 없었습니다.

한 명의 의사로서 가지는
평범한 인생관 외에 시를 쓸 만한 무슨
관조적 인생 경험과 세계관을 가지고 있겠습니까?
특히 의학적 지식과 언어 세계로 인한
감성적 시어의 부재는
어쩔 수 없는 저의 약점이었습니다.

부족함을 뼈저리게 느끼고

그만두고 싶을 때도 많았습니다.
그러나 이제 어찌할 수가 없는 여정에
들어서고 말았습니다.

얼마 남지 않은 세월 동안
시인이라는 고귀한 단어를
이름 앞에 붙일 수 있다는
사실에 저는 행복합니다.
한편으로는 시인으로서
가볍지 않은 삶의 의무감도 느끼고 있습니다.
배우고 정진하여
의사라는 말 앞에 시인이라는 단어가
잘 어울리는 인생을 살아 볼 것입니다.

끝으로 시의 세계로 이 철부지 걸음마쟁이를

이끌어 준 유자효 시인에게 감사드립니다.
같은 고교 동기인 황선태, 하림 등
선배 시인 친구들에게도 감사드립니다.
또한 나의 대학 동기이며 내 글 선생이기도 한
의사 박인철 작가에게도 심심한 감사를 보냅니다.
또 빼놓을 수 없는 분들이 있습니다.
고교 동기 카톡 방에서 못난 시를 꾹 참고 읽어준
첫 번째 독자 조성종, 이상홍 동기 등
부고 19회 동기들에게 감사드립니다.

덧붙여 이 시집 출판의 모든 경비는
저의 둘째 딸이 저에게 주는 선물입니다.
문선아 고마워.

2022년 10월
성호成浩 올림

| 차례 |

제1부 그리움, 삶 그리고 음악

제2부 진료실, 과학

방성호의 시세계

제1부

그리움, 삶 그리고 음악

주머니 속 달걀

철둑길을 타고 가다
산기슭에 터를 잡은
양계장이 나타나고
생명과 죽음이 뒤섞인
비릿한 냄새가 진동하는
그런 곳이었어요

아저씨가 머리를 쓰다듬으며
주신 달걀 하나
주머니에 넣고
비탈길을 뛰고
철둑을 넘어
엄마 뒤를 따라올 때
야아야 넘어질라

꿈과 운명 한두 자락이
주머니 속으로 쏙

들어갔지요
그것이 시작인지 모르지요

작은 부리가
껍질을 깨고
시의 세상으로 나오려
몸부림 친 지 삼 년

추억의 주머니 속
달걀 하나가
삶의 이유로
살아남았다오

어렵지는 않았어요
다만 기약 없는 기다림과
한 번의 순명이
필요했었지요.

가자미 새끼의 눈

올라오는 구토를 참고
삐쩍 말라빠진
가여운 가자미 새끼를
낚으러 흔들리는 쪽배를 타다

너덜거리는
여름휴가의 종장을 향해
일렁이는 파도를 가르고
소주 몇 잔에 취해
늙은 무녀의 화장같이
어질러진 태양을
뒤로하고
또 하나의 꿈도 하릴없이
녹아 내려갔지요

가자미 새끼와

해의 빨간 눈에서
눈물이 흐르고

밤바다의 설레임도
소복 입은 유령이 되어
백사장 끝의
작은 숲으로 사라졌었지
굿나잇도 못하고
가는 밤안개 같은
청춘의 사랑이여

살을 파고
뼈를 찌르고 들어오는
내 불편한 잠자리로 가려 하오

혹

내일도 이 밤바다에
기다려 주시면
고마우련만.

가을길

열정 뒤에 붙은 쥐꼬리 마냥

해마다 찾아오는
남자의 계절
동지 행 완행열차는 떠나고
영원히 서성거리는 자
브람스 그의 파사칼리아

굿바이도 하지 않고
온 듯 간 듯
내 방엔 빈 약봉지들이 낙엽처럼
어지러이 흩어져 뒹굴고

방향도 모르는
숲속 가을길
어디로 가는가
저 넘어 시내에서는 살얼음 어는 소리.

개꿈

프로이트 씨의
억눌린 욕망
못 이룬 성적 소망 충족
그분에 실례지만
반만 맞는 실없는
이론인 것 같고

두 가지의 강박 꿈

교실을 못 찾아 시험을 놓치고
이루지 못한 첫사랑의 웃픈
사랑놀이 꿈

꺾어진 육십 대의
어느 날부터
그 꿈들에
해방되어 개꿈의

시대를 열었다

근데 공자님 말씀
從心 시절
그 개꿈마저
3막 삼절의
검은 커튼을 내리고
밤 꿈 무대의 유령도
희미한 빛
저 너머로 사라지고

이제 와
생각하니 그놈의
견몽도 괜찮았네

아 꿈이여 다시 한 번.

검은 장미

시간은 떠나가는 것
다가오는 것은 없어요
내일은 허상이며
불쑥 나타나는 허깨비

누구든 재회를 꿈꾸지만
그리움이란
꼬리표 달린
분홍색 리본만
산야에 널브러져 있고
아기씨가 가지고 놀던
속 빈 개 인형
까만 검정이
세월처럼 박혀 있고

심연에서 상승하는 걸
그대는 보았는가

영원히 나는 날개를
어디서 찾으려오

두 팔로 꼭 안고
제발 그대여 가지 마오
재회는
검은 장미처럼 거짓말.

골드베르크 변주곡

—트레브 피노크가 클라브생(하프시코드)으로 연주하는 LP를 들으며

긴 회랑 끝
흰색의 클라브생이
놓여 있네요

집에서 기다리는 딸
애니를 떠 올리며
발끝으로 살금살금

행여 오늘은
스스로 잠드셔
조기 퇴근이
가능할까
잠시 건반에 손을 올리고
기다리고 있습니다
회랑의 싸늘하고 우울한 공기가 진동하며
연주하라
골드베르크여

머리만 대면 꿈나라로
가는 그는 주인님이 측은하고 이해불가라오

30개의 무한 반복
변주곡을 만든 이유는 이해하겠는데
마지막 잠이 들 찰나에
꾸오드리베트*는 무엇인가
너무 아름다워 정신이
번쩍 들게 아닌가

공작님의 불면증이 나으면
애니에게 과자도
못 사다 주지요.
제발.

* Quodlibet : 30번째의 파격. 연가의 멜로디.

공명

누군가가 올린
글렌 굴드의
프렌치 조곡을 듣는다

세월의 녹이 살과 뼈를
녹이지만
그날 공기의
명징한 울림은
세기를 뚫고

젊음과 설레임의
미묘한 공기가
부르르 떨고
아득한 서정이
잠에서
거짓말처럼 깨어난다

청량한 숲속은
파동으로
꽉 차지만
삼키고 삼키는
생각들

그 숲속을
계속 걷고 싶다
음악이 끝나고
모든 소리가 귀속에 갇히는 그날까지
그 순간까지.

구멍 난 양말

그 시절은
행복했던 것
같기도 하고

엄마 누나들 형님
다 둘러앉아
사루마다 고무줄 사이에
흰 이와 서캐
생각해 보면
귀여운 면이 있는 우리의 놀잇감
딱 똑딱 따다닥 대박

아버지가 누구인 줄
몰랐던 시절
지금도 잘 모르지만

구멍 안 난 양말은
설 추석 때나 신고
발가락 내밀어도
삶이 고달픈지
모르고 잘도 살았지

빗물이 콸콸 흐르는 개울
친구들과 노는 워터파크
검정 고무신 한 짝 실종사건

거지가 길가에 버린
구멍 난 검정 신발을
발가락에 끼고 집으로 살금살금
마른 명태가 염라대왕 몽둥이같이
보이던 시절.

구슬 꿰기

밤이 늙어간다
한 개씩 지나간 시간이
줄 위에 늘어선다
같은 모양
이쁘지도 않는
알맹이
희미한 광채가 애처롭다

좋던 시절은
소박한 꽃 하나
왠지 화려한 것에는
손이 가지 않는다

지금 무엇을 만들려
하는지도 정해져
있지 않다
잠이 오면 팔찌

때론 목걸이가
밤을 새우면
마스크 줄이 된다

희로애락은
시간에 스며들어
몽유병자처럼
헤매는 세월이 된다
내일 누구에게
줄 것인지 생각하자

밤을 지새워
결국 자신을 묶는 끈이 되었네
하나씩 하나씩
꿰어 본다.

굴다리 옆 우체국

유 시인이 의자에 앉아
편지를 기다리는
그 우체국은 이제
시 속으로 사라져버린 지 오래

우리 동네 우체국은
조그마해서
정감이 간다
문 옆에 국기봉이 있고
그 옆 빨간 우체통
누가 그곳에 편지를
넣을까마는

밤을 새워 연시 한 편 써서
봉투에 침을 발라
우표를 붙이고 먼 이국으로 여행 가는
탑승구 입구 마냥인 주둥이에

살포시 밀어 넣는다
사르르 떨어지는 소리는
왜 안 들릴까

외눈을 떠서
그 암흑 속을 미덥잖니 몇 번
쳐다보기도 하고
돌아서서
무슨 잘못이라도
한 것같이 두근두근
잰걸음으로 도망치듯
대낮에 옛을 꿈꾸다.

그리움 2

혹 어디로 없어질까 봐
책장 끝에 꽂아 놓죠

기자가 사진을 청할 때
그리 채근할 때
못 이긴 척할 걸
엄마 형 누나들과 살던 옛집처럼
책갈피 속에서
오순도순

짙은 안개 속에 있는
역사의 부스러기
추억도 없는 그리움은
그릴 게 없는 그림
허공에 무엇을
그린다는 말인가

그래도
그리움으로는 죽지
않는 모양이구려
결코 죽지는
않는다네.

그리움 3

어디엔가 나의 배다른
여동생이
있을 것 같은 예감은 왜

그분이 남기신
추리소설은
영혼 속 진공과 같이
텅 빈 삶으로 느껴집니다
삶의 빛깔을 잿빛으로
칠해 주신 분
그리움의 편지를 써 봅니다.

비 나리고 난 후
청명한 하늘엔
새로운 그리움이
뭉게뭉게 피어나고
덕유산 자락에서

바람이 불면
혼과 같이 어디론가
사라져버리고

언젠가 끝나는 이야기
때론 잊어버리고 싶소.

꽃에게

꽃에게는 무엇도
바치지 못하겠네
꽃 말고
무엇을 손에 쥐고
다가갈지 모르겠네

꽃밭에서는 시를
읊지 못하겠네
시의 화신인 그대에게
서투른 시를
읊조리는 것은
큰 실례라오

꽃에게 누구요
하고 물어보지 못하겠네
마구 붙인 이름으로
상처받은 영혼에게

입이 떨어지지 않아

미안해 너를
미워하는 것은 아니라네
그대여 너 앞에서
수줍을 뿐이라네.

꽃의 소원

제가 누구인 줄도
모르면서
그냥 피어 왔소

뜯기고 뽑히고
카톡으로
핀터레스트로
핸드폰 속으로

고맙게도
내 이름을 알게 되었소
꽃말은 또 무언지

삭풍 몰아치는 황무지로 놓아 주오
그곳에서 이름도 없는
그 무엇이 되어

피고 지고

그냥 꽃이 되려 하오.

나르시스

평온한 샘이 있어
그 물속에 비친 나르시스
그 뒤 언제나
흔들리는 물결

숲속에서
낯선 꽃을 만난 후
집으로 내려가는 모퉁이
저만치 보이는
조개무덤과 일상
이미 가슴속에
가시만 남은 동경이 되고

해가 가는 곳을
따라가다가 가다가
달도 별도 없는 하늘 아래에서
쿼바디스 도미네

다시 그 물가에
앉아 보니
나르시스는 어디 가고?

나의 사랑 클라라

컴컴한 이층 문 앞
작은 종이 울리고
삐거덕하며 문이 열릴 때
운명의 시작과 끝이
다가올지는 몰랐지요
육아로 손이 상해버린
여인의 입가에 옅은 미소는
이름 모르는 피안에
핀 들꽃 한 송이

그녀의 이름은
레이디 클라라 슈만
다섯 명의 아기를 기르느라
조로한 여인

넘어가는 긴 햇빛과
큰 키 포플러 나무 같은

어둡고 긴 그림자를
장승처럼 드리우고

그림자 속 여린 심장도
희미하게 출렁이는데
혹 오랜만에 아들을 만나는
어머니의 설레임 같은 것인가?

브람스가 쓴
3개의 바이올린 소나타를
계속해서 듣는 이상한 날

진정 연민의 삶을 살다간
역사에 순결한 남자
거울 속에 나를 비추어 본다.

내 어린 시절

철둑길인가
작디작은
큰누나에 업혀
경기에서 깨어나 느낀 찬바람
몇 번이던가?

개천가에서 떡이 된 털을 뒤집어쓴
삽살개가 짖고 있었네
미자바리 빠진 나를
큰누나가 잘도
밀어 넣었지.

오랜만의 특식으로
아메리카 잔밥이 왔네
소시지 햄 조각
불어 터진 쇼빵
담배꽁초

이상한 고무풍선
불고 놀았네.

무딩기에서
왕 거머리 몇 놈
잡아서
전찻길에 놓았네
따다닥
웃고 놀았네.

국제신문 보면서
엄마가 울고
온 식구가 다 우네
나도 울었지
아부지가 죽었다고
아부지가 누구지?

노인을 위한 세월

새벽 골프는 뭐래도
일종의 고문이다

새벽 4시에
가다 보면
어스름한 인도에
구부정한 노인이
아침 운동을 한다
을씨년스러운 풍경이다

노인은 왜
아침잠이 없을까
달콤한 꿈과 얕은 잠
노곤한 잠자리는
젊은 날의 즐거움 중
하나였다

매일같이 글을
보내는 박 작가

카톡 제 일 빳다
365 동기 시인
새벽시간을 보물로 쓰는
늙지 않는 불퇴전의 용사들이고

하루는 길고
일주일은 짧은
일 년은 더 짧은

긴 겨울방학이
며칠 밖에 남지 않은
의과대학시절이
생각난다
다시 지옥으로

노인의 위한 나라는 없다
노인을 위한 세상은 없다
노인을 위한 세월은 없다

늙은 시인

젊은이들아
너희는 무엇으로
시를 쓰나.

즐거움과 아름다운
꽃은 노래를 부르게 하지만
시를 쓰는 일은 무리

칠흑의 어둠을 지나지 않은 자는
진정 밝은 눈을 뜰 수 없을 것이로네

매일 씻기고 남고
퇴적되는 삶의 물때와
세월의 몸에서 나는
신 내음이 무슨 의미인지

너희들이
멀리하고 피할 때
늙은 시인은 마지막 시를
쓸 시간을 받았다네
기다림에 지쳐가는
늙은 강태공만에게 주어진
시간의 마술

종착역은 다 되어 가는데
밤과 외로운 가로등은
광녀와 같이
스쳐지나간다
그래 그때
내리면 되지.

독일 레퀴엠, 브람스

—모든 육체는 풀과 같고 그 모든 영광은 풀의 꽃과 같으니
 풀은 마르고 꽃은 떨어지되(벧전1:24)

골프장 들어가는 길
철쭉이랑
무슨 무슨 꽃들이 가득 피어 있네
연전 홍수에 떠내려간
산등성이에
이름 모르는 묘지들이
퍼질러져 누워 있네

그럴듯한 비석 하나 못 꿰차고
산등성이에 대강 묻혀버린 그대들이여
지금 살아 있는 자들은
산 채로 죽어 헤매이고 있습니다

썩어 가는 자들이여
이 가여운 산 자들을
위해 진혼곡을 불러 줄 수는 없는지요

역사는
악한 자들의 업
억눌린 비명과 눈물의 무덤.

둥지

꺼진 오디오
세월이 가도
버려지지 않는 엘피
나도요 하는 씨디

누에고치처럼 커가는
구석 먼지들
너희들은 나요 하면 안 되지

피부에서 떨어져간
각질들
홀아비 냄새
귀가 먹어 너희들을
들을 수 없다오

그래 알았다
점잖게 늙을게

너희도 언젠가는
알게 될 것
푸르르게
사라진다는 사실을.

또 건너기

칠십 수 번을
건너온
돌 개울

무에 그리
새삼
추억 하나 없는
디딤돌 건너기

소주 한 잔
건배도 없이
가버리고

동전 한 푼 던지기
책장 하나 넘기기
보기 퍼팅 하나 하기

지난 것은 길고
남은 것은 짧은

그래도
굿바이
그래도
근하신년

살기는 살아야제.

라일락

막 피기 시작한 라일락
진짜 봄인가 데자뷔인가
미라보 다리 밑은
썩은 구정물이
예전처럼 쉰 감성의 탁류가 흐르고

헝클어진 청춘을
조롱했던 너도
이제 듬성듬성
가여운 젊은 날의
표상이여 나상이여
가이여운 라일락

너의 꽃잎을 따면
웬 나팔꽃 블루한 색이
묻어 나왔는지
아직도 수수께끼라오

다시는 꽃을 따지 않겠다고
약속해 보지만
꿈속에서
진달래를 찾아
밤새 뒷동산을 헤매었지요

흐드러지게 핀 봄꽃에
눈이 부셔
고개를 돌리다.

마른 나뭇가지

가지 끝
밤의 장막이 걸린다.
말끔히 그린 눈썹
초승달도 같이 달랑거린다

겨울바람은
철거할 날을 기다리는 낡은 종에게
백조의 노래를 부르게 한다

빈 세상의
스산함을 떨치고 하늘을 향해 힘차게
승리의 손짓을 하자

저들이 꽃만 보고
너의 존재의 의미를
잃어버리는
계절은 오고야 말 것

지켜질지도 모르는
약속을 잊고
차가운 밤의 고독을
지키는 수문장이
되거라

하루하루를
말라가지만 결국
봄을 손짓하는
전령이 되리라.

망고의 눈물색

안검하수 수술로
눈티반티가 되어
좀비 분장이 완성
되었네

망고*를 놀린다고
물끄러미 쳐다보니
약간 외면하면서
오른쪽 눈알이 촉촉
눈 이슬이 고이는구나

눈물 색깔의
요도강이라는 표현이
계은숙의 데뷔곡
오사카의 暮色
가사에 있었지

언젠가 그곳에 가서
그 빛깔을 보고 싶다
아마 망고의 눈물 색이
닮았을 것이리라.

* 망고는 우리 집 강아지

물색

그리움은 모래알처럼
시냇가 바닥을
스쳐가며
주저하며
쌓일까 말까

시나브로
모래바닥이
드러나고
물결은 카멜레온같이
일렁이며
하늘을 비춘다

벌써
기쁨과 슬픔과
그 중간 어딘가를
헤매는 수채화

그 색깔은
하늘이 비친 것이
아니라오
물색 마음색.

바흐의 시

무공해 콩나물을
키워서 살았지요.

잘 벼려진 칼을 갈아well tempered
콩나물 대가리를 다듬어서 채(오선)에 받쳐
왕과 귀족의 까다로운 식성을 달랬지요

역사에 없는
진정 위대한 시인
그의 시들은 아직도 아르히브 선반에서, 고리짝에서
게으른 후학들을 원망하고 있지요

어느 지상의 시인이
짧은 한 소절의 성구로
상처받은 영혼의 눈에서
눈물 한 방울을 흘리게
하겠어요?

맥박 뛰는 듯한
통주저음은 어머니 자궁 속에서 듣는
심장소리이며
계곡의 폭포소리
새소리 인간이 사는 소리

시인이라 불리는
자들을 고귀하게 하는
시인의 아버지 음악의 어머니
그는 무공해
콩나물 장사였답니다.

비극적 서곡을 들으며

—브람스

팀파니의 포효
비극은 노도와 같이
오는 것인가

눈물의 테마 뒤에
잔잔한 행복감이
웬 말이요
언제까지 당신은
울고만 있을 거요

삶의 대부분은
투쟁과 슬픔
그것이 없어지는 날
해도 다시는 뜨지 않고
별리의 골짜기에서
분골이 되어 휘날리고
서러운 날들을

홀로 그리워하며
어지러이 비상할 것이니

산 자들이여
많이 울어나 주오
메마른 계곡이
강물이 되어
쪽배 하나 띄워
손잡고들 가오

그러므로 우리의 항해는
다시 시작되리니.

뽀식이

단비가 외롭다는 어부인의 주장에
공짜로 데리고 온 놈

작은 몸매로 3일 만에
형아를 제압하고
짱으로 자리매김한
장한 강아지
그리 남 주려고
동네방네 물어보았지만
결국 너의 아빠가 되고 말았지

14년 인연이
이제 저물려 하는구나
아빠에서 할배로
명칭 변경을 완료하고

암이 전신에 퍼지고 복수가 잔뜩 차도

모든 음식은

10초 안에 원킬

신기도 혀

내 귀가 먹는데 결정적 역할을 한 너의 우렁찬 목소리

덩치가 두 배인 개에게도 덤비는 불퇴전의 용기는

너가 내게 가르쳐 준 미덕

그 세월 밥값은

충분히 했도다

몇 달 그즈음

너를 보내야 할 듯

연옥길 무서운 나의 여정길에

우렁찬 목소리로 출몰하는 악령을 쫓아 줄

수호견이 될 것이로다

사랑했다.

사랑길 꿈길

그니는 쭈그렁 할매
마지막 연시를 받고
어쩔 줄 모르는
소녀의 감성을 간직한
사랑길의 여신

그녀는
먼 오스트리아의
천개 밑에서
그 주홍색 지붕 아래서
강둑에서의 그 순결한
조우를 몰래 꿈꾸며
괴로워할까
사랑길을 헤맬까
혹은 잊었을까

베아트리체의
3번째 만남이 있었다면
신곡은 삼류소설이
되었음이 분명할진대

사랑길은
우리들 모두가 구원
받는 길.

새날

몇 번의 깡술과 졸도로
푸닥거리 하듯
털어버린 한 해
이제 잘 가라

마스크가 막아버린
건배 소리와
엄혹한 세월에 대한
불평소리

새날이란
원래 없는 것
하루만 지나면
헌 날이 되고 말 것

새날에는

교회라도
나가야겠네

꿈과 희망보다
구원을
구할 날이 아닌가.

생각 집

하늘에는
신이 살고
인간의 집에는
사랑이 살아야 한다

생각이 비면
편하지만
고독하다

고독은 때론
달콤하고
마약과도 같다
그러나 스러진
갈대밭같이
스산하다

가부좌 틀고
득도해 본들
초라한 은둔자가
될 뿐이다

내 안을
가득 채울
사랑은
이제 금단의 열매일까
무엇이든
사랑하고 싶다.

생긋 1

너란 존재가 내게 준 것은
다섯 번의 미소

성호야 오랜만이다
생긋

내 꿈속에
너는 천 번을
나타나 그냥 뒤돌아
가버렸지

한강이 깡깡 얼었었지
무엇에 홀려서
질질 끌리는 오버코트를
수의처럼 걸치고
주소도 모르면서

슈퍼 가는 너를 만날까
한 마리 유기견같이

너무 추워
가서 쇼팽 피아노협주곡이나
돌리자
상도동 비탈길을 올라올 때
속으로 속으로 울었지

예전에
니 좋아한다
우리 사귀자
이 말이나 해 볼 걸
지금도 너 꿈꾼다
라고 말도 못했네.

생긋 2

운명적으로
속편의 시를 쓰게 해 준
그분에게 감사를

그러나 생애의 서정을
퇴색시키려는
심술 또한
야속하기도 하오

성호야 오랜만이다
초로의 할머니가
진료실로 들어오네
흐릿한 잔영
동그라미 얼굴

그 뒤

꿈은 질기고 질긴
연속 상연
밤새워 틀어 주는
끝나지 않는 혼자 이야기

상도동 비탈길
시린 밤하늘에
별빛이 차가워.

서정의 길

너는
사랑하는 이를 위한
예쁜 선물상자
포장지와 리본 끈 같고

잡으려 하면
도망가고
팔랑거리는
여인네 치맛자락 같고

이별한 기억도 없는데
항상 재회의 꿈을 꾸는
데자뷔 같고

해진 부적 같은

늙은 무녀에게라도

엎드려 빌어서라도
너를 찾고 싶다.

상념

무대 앞 검은 커튼을
열지만
텅 빈 객석만 덩그러니

꿈이었던가
이제까지 살아온 자리가
낯설기만 하네

시간 속으로
날아가버린
파랑새 한 마리를
찾으러 등성이를
혼자서 서성거리고

창가
한 그루 겨울 은행은
묵묵히 서 있네.

설날

설빔을 쳐다보고
만져 보고 넣어 놓고
다시 꺼내 보고

헌 날이 새날 되려면
일 년을 또 기다려야

밤새워 고스톱 치던
그이들은 망각의 피안으로 가버리고
격랑 속에 부서진
난파선같이 쓸쓸히
돌아선 정답던 얼굴들

설빔도 없고
전도 부치지 않는
설날.

설레는 갈대

대지 위에서
굳건히 서 있는 것은
거만한 위선이로세
깊은 곳에서 떨려옴을 숨기기 위해
진땀을 흘릴 뿐

언덕에 서서 본다
백사장 가장자리
의지가 내뿜고 사라져가는 파도 조각에서
거품이 조잘거린다.

산속 야생화도
두려운 듯이
삶의 끈을
놓치지 않으려는
쭈그렁 할마시같이
덜덜 떤다

산도 떨고 지구도 떤다
슈만 공명 7.83 헤르츠
신의 노여움으로
억겁을 떨며 빌고 있다

모든 것이 떠는데
여려 터진
이내 가슴은 왜 이리 설레기만.

소래길
—한국화약 가는 길

그때는 하늘이
그림판이었지

밤하늘에 연화를
수놓을 꿈에
다들 손발에
쥐가 나게
그렇게 다른
시간을 살았지

소래길을
소나타 타고
한국화약 가는 길
비발디 바순 협주곡
빠바바밤 빠바바밤

공기는
청명하면서도 스산하고
그러면 외로움이
진정 행복이 아닐까라고

베네치아의
빨간 머리 수도자는
맥동만 남기고

우리는 세계 제일의 연화를 남기고.

소주

너는 가을 하늘 같은
맑음을 가졌지

유혹하는 정념의 와인

사무라이 칼끝 같은 스카치

들쩍지근 지린 듯한
그저 그런 맛
빨리 넘기고 싶은
지루한 맛이여
인생 맛이랑 어찌
그리 닮았는지

질펀한 노가리
정치 담화 개똥철학
끝없는 횡설수설

미적지근하고
찝찔한 싸구려
행복의 전도사여

위안과 허무의
사자여.

시를 끝내는 날

이미 삭아서
가자미식해처럼 된
그리움 한 움큼
정박 귀신이 된
첫사랑의 허망한 개꿈

낯선 나라 어색한 곳
시의 城 밖
해자 앞에 조그만
텃밭을 허락해 주어
고맙소이다

쭈그렁 할미
첫사랑의 출몰은
오래된 고물 오디오를 팔아 치운 듯 개운하고

평범한
아침을 달래는
커피 한 잔 같이
시를 살포시 잡고
갈 것이외다

마지막 시 한 편 쓰고
무덤 앞에서
서성이지 말고
해가 꼴깍 넘어가듯.

알함브라의 추억

−기타

공간을 가득 채우지 못하는
결핍의
서러운 악기여
영혼은 작고
깊이 떨며 우는 것

알함브라를 연습하면서
작은 키만치 짧은 손가락을 얼마나 원망했는지

아프리카에서 불어오는
뜨거운 바람에 실려 카르타고의
슬픈 영혼들이 울고
내 젊음의 초상은
다름 아닌 결핍과 짧음
아니었던가

짙은 화장의

늙은 플라멩코 무희의
가슴에 누가 그리 큰
구멍을 뚫었는지

지중해의 햇살 아래서
최후의 순간을 기다리는 무어 병사를 위해
백조의 노래를 들려주구려
알함브라 궁전의 회상.

어느 날부터 꽃이 말을 걸지 않는다

꽃은 많다

아내가 베란다에 피는
꽃을 보라고
성화다
마음이 병들었나
애써 고개를 돌린다

철이 들어가는
것인 줄도 모르겠다

골프장의 꽃의 밀집 군단
철마다 흐드러지게
피는 꽃의 여단
가슴이 설레지 않은 지
오래되었다

늙었나
현혹되지 않는
경지를 얻었나?

어떤 여행

2차선 아스팔트를 건너
푹 꺼진 곳에
전차 정거장이 있고
그 옆 철물점
이사 오기 전 우리 집 양정식당

자갈이 숭숭 나온
신작로가 전찻길과
직각으로 만나고
가도에 내 친구 바다 海
해숙이 집이 있었지

60년이 더 지난 영상이
천연색 영화처럼
나의 시간 여행은
그리로

미래란 마음과 꿈속에나
존재하는 환영
내일이란 가질 수 없는
확률에 지나지 않는다

하루를 자고 나면
하루만큼 거꾸로 가고 있는
전찻길로 이어진
어린 시절로

길고 긴
영원한 겨울과
비존재의 순간이
올 것이로네
잘못 맞춘
조각 그림이 오롯한
여행의 끝.

어머님

검은 주상절리 밑에
초라한 해안선
회색 물거품들이
마지막 시간을
견디고 있어요

납골당 돌 벽에
눈물 몇 방울 뿌려
애증이라는 단어를
애써 지워버리고
지금 제주 바다 수평선에
당신의 얼굴을 그리고
있습니다

재회의 날이 잰걸음으로
다가오고 있습니다
엉긴 가시넝쿨에는

꽃이 달리고

얇은 유리 한 장만이 우리를 가로막고 있군요.

이울다

꽃이 진정 아름다운 것은
곧 시들고 진다는
사실일 것

인간이 한 송이 꽃같이
누군가의 가슴속에서 오래오래
남을 수 있다는 것은 축복이리니

둥근 달은 성장한 여인처럼 화려하지만
이울고 이울어
초승달이 되어
외로운 청상같이
처연해서 더 아름답고

푸른 서해 바다는
거무칙칙한 개펄을
자주 드러내기 때문에

이울음의 미학자여라

영원한 삶
내게는 주시지 마소서
이울어 가는 한 송이
들꽃이 되고 싶어라

자기가 여인네도 아니면서…

일탈

아무 생각 없이
걷다 보면
길을 잊어버리고
갈지자로
가고 있네요

한 마리 나비가 되어
향기를
찾아가다
이리로 저리로
잡아먹히려
가고 있어요

키스 자렛의 피아노를
듣고 있다가
생각은
낭떠러지로 가고

큰길을 두고
마음을 감추고
몽유병인 양
길을 잃고 싶기도
두렵소
이정표가 갑자기
끊어질까 봐
나타날까 봐.

잔설

잃어버린 날의
추억의 파편은
저격의 두려움으로 포복하듯
부서져 깔려 있는
육각형의 잔해들

갖가지 제복을 입고
축제의 환희로
온 날이 엊그제인데
지나다니는 이들이
눈살 찌푸리는 천덕꾸러기
혼자 녹아 울어버리네

상심치 마오
굴욕의 시간은 얼마 남지 않았소
대지로 땅속으로
누구도 모르게

돌아가면은
푸른 강 어머니 나라로
흐르고 흘러

공중제비 날리면서
춤추며 다시 오는 날
가난한 연인들의
깍지 진 손 풀어 만든
눈아가가 될 날을
기다리고 있을 거예요.

수채화

친구들이 늙어 갑니다
가버리는 이도 있고
많이 아픈 이도 있어요

감질 나는 부의를
던지고 돌아서서
눈물 한 방울만 흘리고 일상을 살아가야만 한다오

가난한 화가들도
빈털터리 주머니를 털어 오늘도
유화를 그리고 있소
떨어지지 않고
진득거리는 그 허망의 끝

인생, 수채화를 그리며 삽시다.

장미

핏빛의 절개는
때론
유혹으로 비친다

두려움이 없는
사랑은
봄날의
철없는 희롱

가시
취하려 하는
자의 피를 탐하다.

정의―구공탄

수도국산 비탈
형사 양반을 따라
가기 싫은 발을
내딛는다
자살자 검안

사납게 비뚤어진
골목 여기저기
연탄재가 널브러져 있다

한때의 정의는
일산화탄소가 되어
날아가고
죽기를 원하는 인간을
얼어 죽지 않게 했겠지
아프지도 않고 따뜻한 죽음이 있는데
정의라는 이름의 가스

왜 면도날에 쥐약에
결국 허리띠에 목을 매는 거지

정의는 구공탄
우리의 겨우살이
버리기도 힘든
공해물질

우리에게는
무리입니다
금강석 같은
정의를 만들기는
힘듭니다

구공탄이라도 주어서
고맙습니다만.

조약돌

시냇가 조약돌은
깎인다
반짝반짝
눈망울처럼

그녀가 보내는 눈빛의
사연은 무엇일까
첫사랑 소녀의 반짝임일까
화장터에서 본
청상의 눈물색일까

마모되는 것은
아름다워지려는
부질없는 몸부림
어쩜 비밀의 방문을
두드리는 것

우리 앞의 문이
다 열리면
무엇을 볼 수 있나

사는 것
파랑새 한 마리를 찾으러
험하디 험한
산을 헤매는 것

아우성치고 설레발치는
육신과 영혼은
조금씩 허물어져 간다.

첫가을이 물들다

4살배기 손녀가
들녘에서 펼쳐진
첫가을의 마술에 놀라다

첫울음 첫꽃 첫눈 첫사랑
그리고 첫실연
아참 그런 말은 없지
수없이 많은 실연은 있어도

원컨대
작은 조막손에 많은
'첫'이 잡힐 것을 빌지만
많은 것을 잃어버릴까
겁도 나네요

나의 첫은 얼마나
남았을까?

부질없는 생각
마지막인 첫은
분명 남아 있지만.

파랑새

휘파람장이
언젠가부터
불지 않게 되었죠

그 숲에서 살던 새는
부르면 다가오곤 하였지요
마음속의
나의 파랑새
칠십 어느 날
어디론가
날아가버렸지요

새는 처음부터
그곳에 살 마음이
없었는지도 모르죠
지금은
이름 모를 숲에서

마지막 하늘을 바라보고
있을지도

오늘도 소년마냥
소리는 나지 않지만
휘파람 입모양 하고
먼 숲만 바라보고 있지요.

픕

찬란한 꽃밭 앞에 서서
주식 차트를 고민하고
연유도 모르는 돌더미 앞에서
역사의 영화를
반추하고 픕

서러운 어미의 조상 앞에서
눈물이 나지 않아
힐끗 곁눈질 하면서
꺼이꺼이
스쳐간 인연뿐인
초상집을 떠나
오는 길
눈물길이 웬 강인지 픕

말라비틀어진 줄기
묻히는 그날을 기다리는데

철나지 않은 가슴속에 피는
첫사랑 나팔꽃 꿈 폼.

똥바다

—풍경 3

화수부두
똥바다가 제법
낭만 있는 이름을
꿰차고
무슨 공장의
을씨년스러운 담과
콘크리트 축대

며느리 눈치에
피신 나와 세월을
낚는 늙은 강태공이
외로웁다

인간의 오물이
바다라 불리는
더러움 덜 탄 여인네와
몰래 포옹하는 곳

나는 그 잿빛이
철학 하는 줄 알았지만

서해는 모순의 *海*
꽃다운 그들
혼이 묻힌 곳

고르디우스 매듭을 자를
현자는 오지 않고
잠 못 이루는
밤을 선사하고
가라앉아 있는 바다

인천 산 지 수십 년
옥빛 색깔 띤
너를 본 것은 딱 한 번

시퍼렇고 싱싱한

부산 바다보다

西海는

아린 가슴 같은.

코스모스

처음 보는 예쁜 꽃들이
가을바람으로 춤추고 있다

언제부터인가
꽃 이름을 알고 싶지 않아졌다 이상하다
그러나 짧은 찬사와 통성명은 필요한 것 아닌가
꽃 이름을 많이 아는 친구가 부럽다

무슨 겹 코스모스란다
가물거리는 내 귀에는
코스만 들리고 모스는
마음속에서 지워진다

홀로 피어 있는 너를
옛 여자친구였으면 하고
비껴간 추억만 소환되고
처음 만난 꽃님이여 미안해.

프렌치 조곡French Suites

—Bach

작은 풀 레인지
스피커에서 울리는
비엔나 숲속
산책길에서 들려오는

양파의 겹을 벗기는
알싸한 향기가 풍기고
젊은이는
낼 수 없는 소리
대지를 깨우지 않으려는
새벽 산책길
발 디딤도 겸손하다

아린 가슴의 그녀는
무심한 할망이 되어
홀로 걸어가고
몸이 가벼워

발소리마저 들리지
않으니

언젠가 그
모습도 사라져 가리.

함덕 바다

젊은 시절 함덕에서 보던
바다 빛깔
그때와 무엇이 다르겠냐만

시간의 사자가 뿌려 놓은
진한 옥빛 물색
잔잔한 파도는 색조와 어울려
영원의 시를 쓰고 있다

從心의 시대로
마음속 잿빛이 파스텔조가 되어
스며들었지만
아직도 가슴 울렁이는
청춘의 빛깔
그때 그 색

카메라를 넣고
설 먹은 귀를 뜨고
내려온 눈꺼풀을 치켜들어
너를 새기려 한다

매년 와서 보자
마음 색을 씻어내고
순결한 너를 안을 때까지

아직은 눈물 색깔인 함덕 바다
황혼이 절어버린
너에게 굿나잇.

행복은 노란병아리

행복은
무슨 색깔일까
핑크빛
꼴깍 넘어가는 모색과 같아

무슨 맛일까
솜사탕 맛
끈적거리고
어린애 맛

어디 있을까
평생 찾아다녔지만
그 자리에는 없었어

갓 낳은 노란 달걀 하나
따뜻함과
비릿한 애기 냄새

잘되면
노랑 병아리
삶이 시작되는 순간

삐약삐약
봄볕에 잠시
행복하겠지.

굿나잇

굿바이는
꼭 해야 하는
쓸쓸한 말
수많은 별리는
말 한마디 없이
제 갈 길로 갔어

굿나잇은
내일의 태양 아래
같이 서기를
기약하는 것

친구여
새삼스럽지만
그 세 글자도 못하고
무심히 잠자리로 들지 말자

굿나잇도 없으면

어쩌면
밤만 저 혼자 남아
지샐 수도 있다는 걸.

Good Night

Good bye.
What we should say
but lonesome word.
Without a numbers of
the saying,
They go one's own way.

Goodnight means
looking forward to
what we stand and see
Under the same SUN.
NEW morning.

Dear friend
May not go to bed
without the two letters
Perhaps.

Not having said,

The night dawns

Only on it's own.

그리움 4

어쩌자고 四자를 쓰시오
건너야 하는 역사의 강
사공은 어디 가고
쪽배만 덩그러니

강은 무심한데
너무나 넓고
적막하기만 하오
짙은 안개는
무삼 연유인고

목이 돌아가고 돌아가고 그래도 이제
돌아가야 할 때
근데 어디로 갈지를 모른다오

그것이 끝나는 숫자는
무엇인지

비밀은 무엇인지
강이 얕아지는 곳
그리움도 잦아들지
거기로 찾아가야지.

Longing 4

Alas

I've reached to

the fourth longing

Should cross heart broken river

There is no man but

a worn boat.

This river

Indifferent and horrible

Does dense fog have

Any reason?

This is time to return

But to where I don't know

Say where to please.

Where ripples itch your foot

There may the longing recede.

넋두리

밤새워 AFKN을 틀고
크리처피처와
연쇄 살인극과 미식축구를
보는 재미로 살았다

골방에서
욕망을 삭이고
산 것인지
정물처럼 존재만 한 건지

바닷물이 밀려오고
익사하기 전 적막함만
빈사의 나른함도 삶이었던가

그때는
무엇으로 살아났는지
죽지 않은 것은 승리이지

전자책 한 페이지처럼
잘도 넘어가는 세월
삶의 글자는 크고 두껍지만
눈은 점점
보이지는 않고
엘피는 덜 닳았고
읽을 책은 너무 많으니

젠장 무얼 한다고
그리
멍하니 살았는지.

헛웃음만.

Grumbling

All through nights

saw

creature feature 'n'

American football

at AFKN

Only fun lone myself

Waves came 'n' gone

Before drowned to

utter silence

Life was languid like

near death

Being alive again

Whatever

It's a triumph

Time flew like turning one page of

a monitor book

Letter of life getting

larger but

Eyes worsening

day by day

Many books to read

Still remaining

Alas what have I been doing til now?

Now only smirking Ha.

눈 내리는 어느 날

무거워
차라리 돌이 되다만
눈이 내린다

시공을 초월한 그림이
스마트폰으로
빛처럼 다가오네
눈은 느릿하게 내리고
그리움은
달팽이 기어가듯
운명은 왜
광속으로 오는지

사막 한복판
먼지 자욱한 어느
이상한 나라에서
누군가의 가슴속 외로움

텔레파시가 되고
생각은 홀로그램 모양
눈앞에 떠다니네

그니는 환영인가
아니면 스캠인가.

Forgotten Dream

Pictures flying

to my handphone

all through

space'n time

With lightening speed.

Yearning moves

like a snail.

Why destiny

comes as light?

In between a desert

From a strange land

with cloudy sky

You ache lone yourself.

Telepathy brings

floating holograms

In front of my eyes.

Adorable yr

ghost or scam?

Forgotten sweet dream.

디어Dear

어디서 오셨지요
또 어디로 가시려오
자꾸 무언가를 묻는
내가 미안하오

지나가는 바람이기는
너무 슬프다오
계절의 사자가 와서
데려가기 전
내 정원에 머물러 주는
꽃님이 되어 주시구려

당신의 사랑을
바라지는 않아요
대신 내 사랑만 주고
싶어요
어두운 지하방에서

갓 나온 와인의
향기를 드시고 슬픔의 잔을
여기에 두고 가세요

잘 가오
누구라 부르기는
애매하군요.
디어.

Dear

From where to where?
So sorry for me
to question hardly
whatever it is.

Oh pity! If you're
a strand of winds
passing by.
Wish to be a dear flower in my garden
before season' messenger come 'n' get it away.

Don't want your affection.
From a bottle soon to be gotten out of
dark cellar.
Wish to pour out
a chalice of wine
for you.
Relish to a drop.

Adorable.
Put down n' leave
sorrowful glass on my table.

But
Do I call you
by what?
Vaguely Dear.

제2부

진료실, 과학

마스크

바이러스의 침공으로
블루라군 같은
눈만 보고
사랑에 빠질 수 있다는
우스갯소리가 있는데
눈은 마음의 창이라 하니
큰일은 아니니라

마스크는
얼굴에 입는
조각 옷(팬티)이라고 말해
코로나에도 웃을 일을
주신 교수님에 감사드려요

가린 얼굴로
마구 행동할
범죄 가면이 될까

두렵지만
양심은 가려지지
않는다는 사실

얼굴 팬티 벗을
진정 섹시한 그날이여
빨리 와다오.

아름다운 죽음은 없다

1년 전 담비를 안락사
시켰다.
마눌님의 재가가 있어
내가 안고 가서
천으로 된 주머니로 들어가는 것까지 보았다
15년간 키워온 강아지
인슐린 주사까지 맞는 호사를 누렸으니.

집에 오니까 그놈의 여신이신 마눌이 울고 있네
수일 후 흰 유골함에 담겨 오고
언제까지
장식장 중앙에 모시고 있을 건지
그들의 여신은 자비로운 사랑으로 놈을 보낸다.

소생 초라한 犬신의 보조자이고

나의 신은 무심하고
잔인하다.

어디가 아프세요?

평생 이 말을 하고
살아온 셈이다.
진료실에서도
어떤 때는 입이
떨어지지 않는다
송곳으로 가슴을
쑤시는 일이니까

부정하고 망설이다
속으로 속삭여도 두려운
순간이 있었지요
생손앓이보다
아픈 자식의 병

매일 남의 두려운
멍 자국을 파면서
살아온 망나니가 아니었던가

구원자가 된 듯 굴면서

진실의 순간에 서서
연옥의 수문장에게
고할 소리
응 내가 많이 아파 라고
그래 죽을 거야 라고…

어디가 아프세요
라고 물어온 이 업보를
어찌할꼬?

소식이 뜸한 친구에게
전화 걸어
너 어디 아파 라고
묻는 실수는 말아야지.

열역학 제2법칙

—시간이 갈수록 엔트로피는 증가한다: 감소하지 않는다.

해 질 녘 수평선에
펼쳐지는
아름다움과 광휘는
내게는 왜 없는가

마누라는
자기 관리도 잘하고
옥상에 장미도
잘 가꾼다

하루를 자고 나면
대학시절로 가고
또 하루를 자면
고등학교 시절로 가 있다
내일 아침은 중학교?

한 개의 홀로그램이
되어 간다
텅 빈 공간을 가르며
무질서는 증가만 한다.

울지 않는 아이들

시립아동병원의
아이들은
울지 않았다

몇 번 가서
우유병도
물려 주고 얼러 주면
그제야 울기 시작한다

태어나자마자
쓰레기통에 처박힌
우리의 분신
버릴 수밖에 없는
사정도 있겠지만
버려져서는 안 되는 미래

아파트 분양권을 위해

이용되는 갓난쟁이
인간들이 미쳤구나
파충류 뇌를 가진 자
살을 파고 뼈를 부수고
아이를 때리는 사회

울지 않고
죽어간 어린 양
천국에서 실컷 울거라.

일반 상대성 이론Theory of General Relativity
—중력에 의해 공간은 찌그러지고 그 속에서는
시간도 늦게 가고 빛도 비뚤어져 나아간다.

등산길이 울퉁불퉁
발을 아프게 한다.
비틀린 곡선은
아름답고 유혹적이다.

그대에게 다가갈 길은
비뚤어져 있다
피할 수 없는 공간의
우그러짐이 우리의
험난한 사랑의 여정이다.

눈길을 주고
염원하는 순간
공간이 생기고
빛마저 몸부림친다.

남의 마음이 비뚤어진 것은 잘 알지만

자신의 마음이
찌그러진 것은
공간의 틀어짐만큼
느낄 수 없다.

우리의 자화상은
울퉁불퉁한 길을
투덜거리며 기어가는
개미와 무엇이 다른가.

물리학의 시적인
변용이 말한다
상대성은
절대적 신이 만든
이데아이다.
빨강이라는 형상과 같이.

중환자실 풍경

털북숭이 강아지가
온몸에 삽관을
주렁주렁 단 노인의
얼굴을 핥아 준다

돈 들어가고
냄새나는 아버지
후레자식이 아니라도
정을 뗀 지 오래다
차라리 죽는 게 낫다 싶다

외롭게 죽는 것이
아니라 혐오스럽게
죽는 게 인간이다

강아지가 얼굴에 침을
칠해 준다.

예전에 손녀딸 얼굴에 침을
바르다 며느리의 핀잔을
받았지

손녀는 냄새 때문에
오지 않지만
구원이 별거냐
혐오를 씻어 주는 누군가
있다는 사실.

초심자의 양자역학Quantum Mechanics

―빛은 입자이면서 파동이다.
　전자는 동시에 두 곳에 있을 수 있다.

　소립자는
　눈길만 주어도
　토라져 가는 17세
　소녀 같다.

　인간은 대의에 화합하나
　작은 것에 의견이 갈리고
　서로 토라진다
　잘 보이지 않기 때문일 것이다.

　신은 주사위 놀이를
　하지 않는다고?
　오히려
　그이의 유일한 유희는
　주사위 던지기라는
　설이 유력하다.

불확정성.

이제 쪼갤 수 있을 대로
다 난도질하고
쿼크 업 다운 이상한
이름만 남고
중성미자 왜 내 누님이 중성인지?

아무도 달을 보지 않으면
달은 없는 것인가?
후학들의 집단 따돌림으로
왕따 당한
아인슈타인의 탄식.

특수 상대성 이론Specialized theory of relativity
—속도가 다른 두 관찰자가 보는 빛의 속도는 항상 일정하다.

이게 시제냐고 생뚱맞게
그래요
산속에서 가부좌 틀지 않고
1915년 어느 날
젊은 아인슈타인은
신의 의도에 다가갔지요

니가 천재냐고
아니지 물론 아니지요
안검하수 수술 후
눈티반티가 되고 3일이 되었다
리이방 잡수시고 환자를 보는 지경이나
어제는 좀비 오늘은 못된 서방 놈에게
맞은 반티 정도네

그렇네
같은 공간에서 나는 변하고 있네

어제의 나는 오늘과 다르다
시공간의 희미한
각성이 눈앞에 아른거리네요

공간과 시간은 이웃사촌
사촌 초상집에 가면
나도 갈 때가 되어 간다는 뜻
그와 내가 같은 이승에 있었기 때문에
해돋이와 숨 막히는 모색도
같이 보는 것이리라

세상에
정지된 것은 없다 한다
빨리 달린다고 다른 달을
보지는 않지?
달리는 차 속에서는 시간이 약간 늦게 간다고
그녀가 보는 달을

나도 같이 보는 것이 사랑이라네
100층 아파트에 살면
평생 2초 정도 시간이 늦게 간다나!
오래 사는 거지.

일반 상대성 이론도
공부 좀 해서 도전해 볼게.

호르몬들

도파민*은 생애를 지배하는 난폭자
비겁자가 되지 않아
다행이지만
잠자리마저 악몽으로
가위 눌려도
살아야 한다는 삶

세로토닌*은 기름 장어
꿈속에서도
잡을 수 없는 허구
행복으로 가는 길 앞
타락이라는 목적지
표지판도 붙어 있고

옥시토신*
사랑과 수유
진득거리는 夏節

부끄러운 솜사탕

양손에 쥐고

70킬로로 달리는

슈퍼 올드 카에 앉아

손과 핸들을 더럽히는데

자꾸 먹고 싶은 것.

* 도파민 : 삶과 전투의 호르몬
* 세로토닌 : 행복과 휴식의 호르몬
* 옥시토신 : 사랑과 수유의 호르몬

서정, 그 황홀한 개안

유자효 (시인 · 한국시인협회장)

방성호 박사는 나의 부산고등학교 동기이다. 공부를
잘해서 서울대학교 의과대학에 진학했다. 이제는 수도권
에서 거의 유일한 동기 개업의로 남아, 친구들의 주치의
로서 건강을 챙겨주며 인술仁術을 펴는 명의이다.

그런 그를 나는 고등학교 동기들의 단톡방에서 거의
매일 만난다. 그는 시를 자주 올리고 건강과 과학 상식에
대한 정보도 올려 준다. 음악을 좋아해서 유명 음반이나
클래식 상식을 얻는 것도 그를 통해서이다. 정치, 사회
현상에도 관심이 많아서 때로 날카로운 시사평론가가 되
기도 한다. 나는 그의 부지런함에 감탄을 금치 못한다.
오로지 외경畏敬하고 있던 나에게 불쑥 전화가 왔다.

시를 써 온 지가 3년여에 이르는데 그동안 모인 시가 130여 편이라는 것이다. 그리고 역시 의사인 둘째 딸이 시집 출판을 권유한다는 내용이었다. 나는 시詩라는 같은 길에서 만나게 됨을 반가워하며 그의 자식 복에 대한 부러움을 금치 못했다.

요즘 우리 시단에 새로운 현상이 나타나고 있다. 내가 등단하던 1960년~70년대만 하더라도 시는 청춘의 예술로 치부되었다. 그래서 20대에 이른바 등단이라는 것을 하지 못하면 붓을 꺾고 생활전선으로 뛰어들곤 했다.

그랬던 것이 장수 시대가 되고, 경제적으로 성장하면서 나이가 들어, 또는 은퇴 이후에 글쓰기를 시작하는 사람들이 늘어가고 있는 것이다. 그래서 한국 문단에는 노년 문학이라는 새로운 패러다임이 형성되고 있다. 대학이나 자치단체들에는 평생교육 개념의 시 창작 교실이 늘어나고 있다.

나이가 들어 글쓰기를 시작하는 데는 일장일단이 있다. 우선은 경제적으로 안정돼 있어 여유롭다는 것이다. 또한 젊은이들이 도저히 따라오지 못하는 경험이라는 보물창고가 있다. 그러나 아무래도 나이가 말해주는 감수성의 쇠퇴는 어쩔 수 없다. 훈련되지 않은, 경험에 의한 글쓰기인 만큼 자칫 문장의 긴장감이 떨어질 수도 있다. 특히 시의 경우에는 지나치게 산문화되는 것도 경계해야 할 대목이다.

일찍이 금아 피천득 선생은 나이 들어 쓴 글들을 발표함으로써 젊은 시절에 쌓아온 명성을 더럽히지 말라고 경고했었다. 그러나 세상은 달라지고 있다. 하루하루가 새로운 모습으로 나타나고, 젊은이 못지않은 건강 상태를 과시하는 노인들이 많은데 일률적인 잣대로 규정함은 무리하지 않을까? 특히 정신세계는 나이가 들수록 더 깊어지기도 하지 않는가?

이런 점들에 유의하면서 나는 평생 의사로 살아온 방성호 박사의 노작勞作들을 조심스레 들여다보고자 한다. 거기에 어떤 보석들이 숨어 있을까?

너는
사랑하는 이를 위한
예쁜 선물상자
포장지와 리본 끈 같고

잡으려 하면
도망가고
팔랑거리는
여인네 치맛자락 같고

이별한 기억도 없는데
항상 재회의 꿈을 꾸는
데자뷔 같고

해진 부적 같은

늙은 무녀에게라도
엎드려 빌어서라도
너를 찾고 싶다.

                              ―〈서정의 길〉전문

　그렇다 이 시에는 의사로 일가를 이룬 방성호 박사가
왜 칠순에 이르러 시 쓰기를 시작했는가에 대한 해답이
있다. 그것은 "사랑하는 이를 위한/예쁜 선물상자/포장
지와 리본 끈 같은", "잡으려 하면/도망가고/팔랑거리
는/여인네 치맛자락" 같은 "서정의 길"을 찾기 위함이었
던 것이다. 그것은 "이별한 기억도 없는데" 항상 꾸는 재
회의 꿈이다. 그 "데자뷔"는 언제의 그림자일까?

　그것은 잊고 있던 유년일 수도 있고, 꿈 많던 청년기일
수도 있다. 또는 한창 성취해 가던 장년기에 불현듯 나타
난 모습일 수도 있다. 그에게는 꿈이 있었던 것이다. 그
꿈을 감추고 살았던 것이다. 이제는 "해진 부적 같은" 그
꿈을 "늙은 무녀에게라도/엎드려 빌어서라도" 찾고 싶다
고 한다.

　시인은 안다. 그것이 바로 '서정'임을, 곧 '시'임을….
그래서 이 시는 방성호 시 쓰기의 단서를 푸는 중요한 열
쇠가 된다.

　영국의 A.J. 크로닌은 의사였다. 가난한 집안 출신이

176

었던 그는 의사로서 성공함으로써 명문가의 규수와 결혼하고 부를 누렸다. 그러던 그가 40대에 모든 것을 포기하고 가족과 함께 시골로 들어간다. 시골에서 그가 한 것은 글쓰기였다. 여러 차례 출판사의 문을 두드린 끝에 그의 소설은 출판되고 마침내 세계적인 작가가 되었다.

그가 왜 직업적인 성공을 뒤로한 채 인생의 길을 바꾸었을까? 그것은 쓰지 않고는 견딜 수 없는 영적 갈증 때문이었다. 방성호 시인이 "늙은 무녀에게라도/엎드려 빌어서라도" 찾고 싶은 '서정'과도 같은 것이다.

개안은 젊었을 때만 오는 것이 아니다. 장년기에도, 노년기에도 개안은 온다. 개안을 경험한 사람의 삶은 이전과는 다르다. 그것을 우리는 제2의 인생이라고 부른다.

수도국산 비탈
형사 양반을 따라
가기 싫은 발을
내딛는다
자살자 검안

사납게 비뚤어진
골목 여기저기
연탄재가 널브러져 있다

한때의 정의는
일산화탄소가 되어

날아가고
죽기를 원하는 인간을
얼어 죽지 않게 했겠지
아프지도 않고 따뜻한 죽음이 있는데
정의라는 이름의 가스
왜 면도날에 쥐약에
결국 허리띠에 목을 매는 거지

정의는 구공탄
우리의 겨우살이
버리기도 힘든
공해물질

우리에게는
무리입니다
금강석 같은
정의를 만들기는
힘듭니다

구공탄이라도 주어서
고맙습니다만.

         —〈정의-구공탄〉 전문

 이 작품은 의사로서의 경험을 쓴 것이다. 연탄을 피워
놓고 자살한 시신을 검안하기 위한 것이다. 따라서 이 시
는 의사 시인이 아니면 쓸 수 없는 소재라고 하겠다.

시인은 가스 중독이라는 "아프지도 않고 따뜻한 죽음이 있는데" 왜 면도날에, 쥐약에, 허리띠에 목을 매는 고통스런 방법을 택하느냐고 한다. 그래서 구공탄이 차라리 정의롭다는 역설을 편다.

생활고로 인한 자살이 많았던 유년 시절, 나는 쥐약을 먹고 죽어가는 사람을 본 적이 있다. 혀가 말려들어 거의 말을 못하는 상태에서 고통스러워하는 모습을 본 것이다. 그런 고통을 아는 의사로서 "버리기도 힘든/공해물질"인 구공탄이 정의롭다는 것이다.

경제적으로 풍요로워진 이 시대에 스스로 목숨을 끊는 사람이 많다. 우리나라의 자살률은 OECD 정상급이라는 부끄러운 통계도 있다. 이런 현상을 의사로서 고통스레 바라본다. 큰 사회적 문제로 부상하고 있는 자살 문제는 이제 더 이상 방치할 수 없는 단계에 이르렀다. 그런 문제를 환기시켰다는 점에 이 시의 의미가 있다.

시립아동병원의
아이들은
울지 않았다

몇 번 가서
우유병도
물려 주고 얼러 주면
그제야 울기 시작한다

태어나자마자
쓰레기통에 처박힌
우리의 분신
버릴 수밖에 없는
사정도 있겠지만
버려져서는 안 되는 미래

아파트 분양권을 위해
이용되는 갓난쟁이
인간들이 미쳤구나
파충류 뇌를 가진 자
살을 파고 뼈를 부수고
아이를 때리는 사회

울지 않고
죽어간 어린 양
천국에서 실컷 울거라.
— 〈울지 않는 아이들〉 전문

　아이들이라면 당연히 울 줄 알았는데 태어나자마자 버려진 아기들은 울지 않는다는 것을 처음 알았다. "몇 번 가서/우유병도/물려 주고 얼러 주면/그제야 울기" 시작한다는 것이다. 보살핌을 받아야 비로소 생명으로서의 기능을 시작한다는 것도 처음 알았다. 시인은 아파트 분양권을 얻기 위해 갓난아기를 이용하거나 "살을 파고 뼈를 부수고/아이를 때리는" 자들을 "파충류 뇌를 가진 자"

라고 질타했다. 파충류도 제 새끼는 보호한다는 점에서
파충류보다 못한 인간들이라고 하겠다. 이런 사회 현상
에 대한 고발시이다.

등산길이 울퉁불퉁
발을 아프게 한다.
비틀린 곡선은
아름답고 유혹적이다.

그대에게 다가갈 길은
비뚤어져 있다
피할 수 없는 공간의
우그러짐이 우리의
험난한 사랑의 여정이다.

눈길을 주고
염원하는 순간
공간이 생기고
빛마저 몸부림친다.

남의 마음이 비뚤어진 것은 잘 알지만
자신의 마음이
찌그러진 것은
공간의 틀어짐만큼
느낄 수 없다.

우리의 자화상은

울퉁불퉁한 길을
투덜거리며 기어가는
개미와 무엇이 다른가.

물리학의 시적인
변용이 말한다
상대성은
절대적 신이 만든
이데아이다.
빨강이라는 형상과 같이.

　　　　　　　　　　　— 〈일반 상대성 이론〉 전문

　의사 시인의 관심은 마침내 과학에 이른다. 그것도 난해하기로 유명한 아인슈타인의 일반 상대성 이론Theory of General Relativity이다. 일반 상대성 이론은 '중력에 의해 공간은 찌그러지고 그 속에서는 시간도 늦게 가고 빛도 비뚤어져 나아간다.'는 설명까지 제목에 붙이고 있다.

　그런데 이 우주적 이론에 대한 시인의 해설은 매우 독창적이다. 그것은 공간의 찌그러짐, 빛의 찌그러짐이 결국은 "우리의/험난한 사랑의 여정"이라는 해석이다. 따라서 "눈길을 주고/염원하는 순간/공간이 생기고/빛마저 몸부림친다."는 것이다.

　상대성 이론에 대한 그의 이런 해석은 크리스토퍼 놀란 감독의 명작 영화 《인터스텔라》를 연상케 한다. 오염

된 지구를 떠나 인류의 새로운 주거지를 찾아 다른 우주로 떠나는 아버지를 지탱하는 것은 지구에 남아 있는 딸에 대한 사랑이었다. 그는 왜곡된 시공간을 극복하면서 딸과의 약속을 기어이 지키고야 마는데, 이는 얼마나 위대한 인간 정신의 승리인가? 그러던 그는 시공간이 다른 우주에 있는 연인을 찾아 떠나는 것으로 영화는 끝난다.

이를 불교식으로 말하면 일체유심조一切唯心造라고 하겠다. 방성호 시인은 따라서 "상대성은/절대적 신이 만든/이데아"라는 것이다. 그만큼 인간의 마음이 갖는 중력의 힘이 크다. 인류가 우주에 존속하는 한 이 정신의 힘이 끝내 인류와 함께할 것이다.

휘파람장이
언젠가부터
불지 않게 되었죠

그 숲에서 살던 새는
부르면 다가오곤 하였지요
마음속의
나의 파랑새
칠십 어느 날
어디론가
날아가버렸지요

새는 처음부터

그곳에 살 마음이
없었는지도 모르죠
지금은
이름 모를 숲에서
마지막 하늘을 바라보고
있을지도

오늘도 소년마냥
소리는 나지 않지만
휘파람 입모양 하고
먼 숲만 바라보고 있지요.

— 〈파랑새〉 전문

　아름다운 시다. 숲에 살다가 부르면 다가오던 마음속
의 파랑새. 그런데 "칠십 어느 날/어디론가/날아가" 버렸
다고 한다. 새를 잃고 이제는 자신이 "휘파람 입모양 하
고/먼 숲만 바라보고" 있다고 한다. 이제는 자신이 노래
하고자 하는 것이다. 그것은 서정의 노래다. 파랑새의 노
래를 듣던 그는 이제 스스로 노래할 채비가 되었다. 그리
고 드디어 노래를 하기 시작하였다. 그 노래들이 70대
중반에 낸 첫시집에 실린 시들이다.
　자기만의 노래에서 세상을 향한 노래로 변한 그의 시
를 읽는 것은 행복하다. 시인으로서의 첫 걸음을 시작한
그의 여생이 시로 하여 더욱 풍요하기를…, 그리하여 그
풍요로움을 우리에게 나눠주기를….